이 세상 모든 아이에게…… 너희의 느낌을 믿으렴.

재키 아주아 크레이머

오스카에게

신디 더비

함께한 시간을 기억해

재키 아주아 크레이머 글 | 신디 더비 그림 | 박소연 옮김

1판 1쇄 박음 2020년 11월 6일 | 1판 1쇄 펴냄 2020년 11월 20일

편집 홍희정 | 디자인 심홍섭

펴낸이 박소연 | 펴낸곳 (주)도서출판 달리 | 등록 2002. 6. 4.(제10-2398호)
04008 서울시 마포구 희우정로 16길, 17-5 | 전화 02) 333-3702 | 팩스 02) 333-3703
ISBN 978-89-5998-406-0 77840

· 품명 : 양장 도서 · 제조자명 : 도서출판 달리 · 제조국명 : 중국 · 사용연령 : 3세 이상
· 안전표시 : 주의! 책의 모서리가 날카로우니, 던지거나 떨어뜨려 다치지 않도록 주의하세요.

함께한 시간을 기억해

재키 아주아 크레이머 글 l 신디 더비 그림

박소연 옮김

달리

꽃이 가득한
아름다운 정원이구나.
내가 곁에 있어 줄까?

좋아요.

엄마가 죽었어요.

그래, 나도 들었단다.

누가 죽었다는 건 어떻게 알 수 있지요?
몸이 움직임을 멈추지.
심장이 더 이상 뛰지 않는 거예요?
그래, 그렇단다.

우리도 언젠가 죽게 되나요?

우리 모두 언젠가 죽는단다.
하지만 너에겐 아직 하늘 높이 날릴 연이 많이 남았지.

엄마는 어디로 갔을까요?

그건 아무도 몰라.

엄마가 여기에 있을까요? 엄마는 파도를 좋아했거든요.

엄마가 다시 돌아올 수는 없나요?

그건 어려워. 하지만 엄마는 늘 너와 함께할 거란다.

엄마가 예전처럼
다정한 목소리로
책을 읽어 주면 좋겠어요.

재미있는 이야기책이구나.
아빠도 분명 이 책을 좋아할 거야.

엄마가 만들어 준 폭신한 팬케이크가 생각나요.

요즘 혼자 있고 싶어요.

그래, 그렇게 해. 누구나 혼자만의 조용한 시간이 필요하지.

저 꼭대기까지 올라가면
엄마를 만날 수 있을까요?

나는 언제나 네 뒤에 있단다.

엄마는 왜 죽어야만 했을까요?

살아 있는 건 모두 죽는단다.
사랑하는 사람과 더 이상 함께할 수 없다는 게 슬프지만.

언제쯤이면 다시 기분이 나아질까요?

엄마가 여전히 네 곁에 함께라는 걸 깨닫게 되면.

엄마와 나는 야구를 좋아했어요.

그렇다면 엄마는 네가 야구를 할 때마다 항상 곁에 있을 거야.

엄마가 만들어 주던 쿠키를 다시 구울 때에도
엄마가 내 곁에 있을까요?

그래, 모든 쿠키 조각은 추억을 담고 있거든.

엄마가 가꿨던 정원에 데이지꽃이 필 때는요?

물론 함께일 거란다.
엄마가 너와 함께 뿌린 씨앗은
너에 대한 사랑이자 네게 남긴 선물이지.

아빠…….

엄마가 보고 싶어요.

엄마는 웃는 얼굴이 근사했어요.

엄마는 늘 우리에게 웃음을 선물했지.
나도 엄마가 그립단다.

하지만 너의 미소에서도 엄마를 볼 수 있구나.
엄마도 이 세상에 남기고 간 새로운 꽃들을 좋아할 거야.

글_재키 아주아 크레이머

미국 뉴욕에서 태어났습니다. 뉴욕 대학교에서 연기를 공부하고, 퀸스 칼리지에서 교육학을 공부했습니다. 그 후, 배우, 가수, 상담 교사로 일하며 아이들과 함께한 뒤, 아이들의 고민과 비밀, 희망을 담은 책을 쓰고 있습니다. 지금은 가족과 함께 롱아일랜드에서 살고 있습니다.

그림_신디 더비

미국 샌프란시스코에 살고 있는 그림책 작가이자 일러스트레이터입니다. 그림책 작가가 되기 전에는 연극 학교에 다녔고, 인형극 디자이너, 배우로서 전 세계를 누볐습니다. 지금은 그림책을 만드는 데 온 시간을 쓰고 있습니다.

옮김_박소연

스미스 대학교에서 경제학을 공부하고, 서울 대학교에서 경영학 석사 과정인 MBA를 졸업하였습니다. 지금은 어린이책을 기획하고 번역하고 있습니다. 옮긴 책으로는 《핑!》, 《용기 있는 아이 메이플》, 《우리 다시 만나요》, 《떠나고 싶은 날에는》, 《많아요》, 《엄마가 항상 곁에 있을게》, 《내가 사랑하는 나무의 계절》, 〈리틀 피플 빅 드림즈〉 시리즈 등이 있습니다.